Lwoavie Productions

NINE CATS 02 DETECTIVE AGENCY

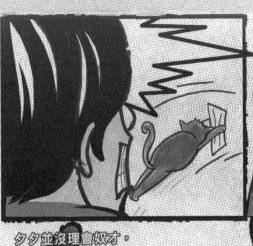

夕夕並沒理會奴才，
牠搶去的紙張，原來
是夕怡寄給他的。

我也不明白，
除了紙箱，貓貓
也喜歡紙張。

然而，夕夕沒想到
夕怡信中卻提及一
宗案件。
並希望孤貓們協助
調查⋯⋯⋯

這份速遞自然也是夕怡寄來的。
那些衣服是她的設計，並送給孤
貓餘下的成員。

到底是什麼案件？

怎麼？
是謀殺案？

# CONTENTS

# CHAPTER 01
## 來龍去脈

犯人亞米德被還狎在收押室內！

只見他雙手被鎖上手銬，憔悴的臉上卻帶著絲絲憤怒和悲傷。

兩名探員此時手拿著案件資料，走進收押室內。看到亞米德，憤怒地把手上資料「啪！」的一聲，猛力的丟到桌子上。

「你還是認罪吧！」

『我沒有殺人，不會認罪。』

「證據確鑿，你還要狡辯嗎？」

「我是被人佈局陷害的……怎麼會這樣？我怎麼會殺了自己的妻子？」

「有什麼沒可能？我們接過無數的案子，什麼丈夫殺妻也時有發生！」

另一探員打開桌上的案件資料跟亞米德說道：「……還有這物證，你看到嗎？這一樽藥便是我們認定你是兇手的證據。」

亞米德看了一眼探員所指的資料夾有的相片，而相中有一個藥瓶。

亞米德當然知道藥瓶的來路，因為藥瓶一直是放在他家中的急救箱內。

這藥瓶載著的並非什麼致命毒藥。不過是普通的消炎止痛藥物。這些居家旅行的常見藥品，又怎會能使人致命？

這問題，在亞米德被還狎後，他已經跟探員說過無數遍。但是無功而還，因為在調查過程中，從亞米德死去的妻子身體內，驗出血管內含有大量止痛藥成份。服用這些成人用藥只需要每次吃一兩顆，並不會影響身體甚至致命。但長期和大量服食，便會引致生命危險。

調查探員便是捉住了這項重要證據深入調查，從亞米德妻子用過的杯子碗筷等食具中，也驗出含有止痛藥成份。

而亞米德的妻子，並非長期病患。因此推斷，她沒理由需要長期服用止痛藥。

疑點擴大，探員繼續深入調查後，更發現亞米德曾為他妻子買下一份人壽保險。而受益人正是亞米德自己。

似乎疑點和動機，也朝向亞米德就是**殺人兇手！**亞米德親人朋友不多，而且早婚。基本上，最親密的人就是其妻。

亞米德又怎麼能忍心下手殺害髮妻？

而亞米德跟妻子住在偏遠地區的一個小

村莊，探員曾向村莊內的居民查探過兩人在村內生活的情況。

　　大多數居民雖跟亞米德夫婦不太熟稔，但平常日子也會間中碰上。偶然會看到兩夫婦拖手而行，表面甚是恩愛。

　　說得上「表面」，這因為亞米德是兇手的嫌疑實在太大。

　　事發當日早上，在亞米德報案後，探員馬上抵達現場。只見慌張的亞米德帶領探員往他的房間後，即便看到一動不動的亞米德妻子躺在床上。

探員摸過僵硬冰冷的身體，宣告她死亡。

據亞米德描述，兩人一向早睡，昨晚睡前，太太還好端端的。直到他早上起床時，便發現妻子有異，身體冰冷，一動不動，嚇得抓狂的阿米德，不住搖晃妻子。他見太太沒有絲毫反應，立刻報案處理。

在眾多謀殺案中，第一報案人，隨時便是最大嫌疑的兇手。

因此，探員們隨即把房子當作犯罪現場般調查！

這裡本來是一個舒適的家，開揚平房還有一個大露台。露台種滿了很多綠色植物。

燦爛陽光映照下，有著溫馨暖和的感覺。全然不覺這裡是一個兇案現場。

溫馨的家，原來除了兩夫妻居住，他們還有飼養寵物。

探員走出露台查看之際，除了見到滿是花花草草，還看到一隻顏色斑斕的鸚鵡。

「*HELLO、HELLO！*」鸚鵡看到探員，馬上便打起招呼。

真有趣！探員本想跟鸚鵡玩一下，但礙於查案當中，還是轉頭再查看屋內情況。

沒想到探員正轉身進入屋內，便看到發現亞米德妻子死亡的睡房門外，突然出現了一隻貓咪！

哦！除了飼養鸚鵡，還有一隻貓咪嗎？這貓咪，眼睜睜的看著主人離開。幾個在場的探員，也感受到寵物的傷感。

確實，這貓咪知道了這殘忍事實，不住「喵喵」的叫喊起來……

貓咪的名字叫作小雨。名字的由來是在牠露宿街頭時正下著雨，亞米德夫婦剛好路過。看到她楚楚可憐，即便收養了她。好等她從此不用風餐露宿。

而小雨在露宿街頭時，便認識了夕怡。

夕貓偵探社 接到這宗案子的原因，也是因為小雨告知了夕怡。

但怎麼又要讓夕夕牠們調查？

原因就是小雨很清楚，殺人兇手絕不可能是亞米德！

# CHAPTER 02
## 挑戰

這是一個莫大的挑戰！

夕夕看過信條後，等到孤泣下班回家，即便跟孤貓們召開大會。

「這實在太有難度，憑我們這幫孤貓的能力，真能辦到這任務嗎？」哥哥聽過夕夕陳述這宗案子後，有點 志忐不安 的說道。

「怎麼還沒開始，便要投降？」豆豉總會心口只有「勇」字。

「我想知道，小雨為什麼這樣肯定亞米德不是兇手？」僖僖跟夕夕問道。

夕夕馬上查看夕怡給他的信條後答道：「其實沒有什麼證據，小雨不過單純是對主人的信任。就跟9貓一樣，日久相對，自然了解主人的行為性格。」

眾貓聽到夕夕的說法，紛紛點頭稱是。

的確，人這東西只會騙得過同類。而家中寵物可能還看到更多。每一個眼神動作，人類以為寵物看不懂。但這不過是痴心妄想！

說到做壞事的人，其實天知地知，還有他們身邊的寵物也會知。

「也許⋯⋯我們現在不是思考接不接這件

案子。而是怎樣開始調查。」瞳瞳抱著豆氏三貓來來回回的跟孤貓們說道。

「對，說得沒錯！」豆豉親一下瞳瞳後說道。

「哥哥！你怎樣認為？」夕夕向哥哥問道。

哥哥搔了搔頭說道：「我也沒有太大意見。我想……憑我們孤貓的力量，也許能勝任。」

「別再猶疑，我們應否先到案發現場調查一下？」僖僖此時站起身來，又跳到阿納的工作枱，並打開她的電腦。

僖僖根據夕怡給的資料，輸入亞米德居住的地址，再傳輸到智能摩托車。

智能摩托車，經過僖僖這陣子的改良後，已先進不少。自上回豆豉那輪車突然解體，僖僖便馬上改良，重新組裝。現在的性能已經接近完美。

　　輸入目的地後，此刻又是夕夕、哥哥和豆豉出動的時候。

　　不過夕夕卻看出妹妹臉上流露 憂心忡忡 的表情。

　「怎麼？妹妹你沒事嗎？」夕夕輕拍一下妹妹的肩膀問道。

　「嗯！我在想，如果我跟你們一起去，可以作後緩嗎？」

　當然第一個反對的便是哥哥：「這可能會有危險……」

　「哥哥你的身手也不及豆豉，上回也能闖關回來，怎麼我不可以？」

　　哥哥有點語塞，如果要跟妹妹比較，自己確實有點笨拙。而實際上，妹妹最擔心的卻是夕夕，但她卻不敢說出口。

「也好，妹妹可以配合我，跟進一下智能系統……」此時僖僖走到妹妹跟前，遞了一個搖控器給妹妹：「這個搖控器，可驅動摩托車能無人駕駛。你就拿著來給他們控制吧！」

話是這麼說，但僖僖心裡有數，妹妹不過是擔心夕夕。

好姊妹果然**挑通眼眉**，僖僖洞悉妹妹的心事。妹妹立時臉蛋紅紅，接過了搖控器後，轉頭看一眼哥哥。

哥哥有點無奈，但最後還是妥協了。心裡想著也借此機會考驗一下妹妹。

「事不宜遲，就讓我們四貓來快快偵破這宗**亞米德山莊謀殺事件**吧！」豆豉又是衝勁滿滿的跳到了書桌上吶喊起來。

其餘三貓早已坐上摩托車，準備出發……

# CHAPTER 03
# 山莊移魂

🐱 妹妹心中暗喜，雖然她是坐在哥哥後座，但看到在旁的夕夕，架著摩托車時的英姿，確實是一件快樂的事。

路程雖遙遠，但智能摩托車的速度也不能看輕。加上系統能悉別最短的路程讓眾貓能在

最短時間到達目的地。

　瞬間眾貓便到達了山莊，也找到發生兒案
的地點。

🐱「如果我們能在日間行動便好，**天黑黑**，到這裡來，感覺實在陰森恐怖。」豆豉跟大伙兒說道。

🐱「別說這些好嗎？免得嚇到妹妹！」哥哥跟豆豉說道。

🐱「哈哈！我沒害怕呢！豆豉，如果你要在日間行動便不能用上隱身術。」妹妹笑道。

眾貓聽到妹妹如此笑說，立時哈哈大笑起來。妹妹的話，起了舒緩氣氛的作用，但她內心其實在有點戰戰兢兢。

但妹妹知道這話不能宣之於口，免得令大伙兒擔心。

🐱「妹妹，你還是留在這裡作後緩，讓我們三貓進屋調查吧。」夕夕向妹妹說道。

🐱「這……」妹妹心不甘情不願，但這刻卻沒得抗議。心想能跟他們來到這裡冒險，已是天

大的福份。

妹妹點一下頭表示同意後，三貓馬上闖過山莊欄河，進入兇案現場。

大門掛著警告封條，幸運是並沒有警員看守。即使有人在內，警員也不過以為是普通的街貓無端闖入吧！

「噢！怎麼回事？」豆豉三爬兩撥，便闖進亞米德的家。但怎料到這個兇案現場的環境，跟想像的完全不一樣。

趕在後頭的哥哥與夕夕也有同樣的感覺。怎麼這所謂的兇案現場，空空如也？

對！當三貓闖進亞米德家後卻發現單位內，幾乎什麼也沒有。大廳內，只有幾件空置的大型傢俬，除此之外，就連一件雜物也沒有。

三貓不解的在單位內團團轉。所有房間廁所廚房，沒走漏任何位置，但就是沒有任何一件雜物留在室內。

「這裡是空置了嗎？」豆豉大惑不解的問哥哥與夕夕。

夕夕此時拍一下自己的頭：「哎喲！怎麼連這點也想不到！」

哥哥跟豆豉面面相覷，不明白夕夕在想什麼。

「所有證物，理應被探員帶走了。既然是兇案現場，怎會還留下證物在這裡。」

「你的意思是所有能夠作調查的證物也搬到警局裡去？」

夕夕此時從斗篷裡抽出煙斗，點火後吸了一口煙才說道：「要偵查案件，就要從人證物證中著手調查。我們稍後便到警察局那邊吧！」

「還用等嗎？現在馬上便到警察局吧！」豆豉說道。

「不，我們還是在這裡待一會，搜尋一下可

能遺漏的線索。」夕夕說道。

　　但這裡空空如也，還能找到什麼線索？

　　夕夕雖沒把握，但他還是繼續東找西找的，希望能碰碰運氣。

　　走進了一個房間後，夕夕猜到這裡應是亞米德與太太的臥室。房間只剩下一張床架和一個空置的衣櫃，心想探員著實調查得徹底，就連床褥也一併帶走調查。

　　夕夕戴上了僖僖新發明的透視眼鏡。這比之前的夜視功能眼鏡更先進，能透視出所有指模腳印乃至洗擦掉的血跡。

　　夕夕細心察看房間每一處，利用透視眼鏡，立時便發現房間滿佈指模和

腳印。夕夕同時也想像在這之前，亞米德跟太太是如何在這裡生活？

🐱「看來……並沒有什麼可疑……」

夕夕走出房間，又環顧大廳四周，並沒察覺異樣。

在大廳中央的哥哥與豆豉，一直摸不著頭腦。他們馬上也戴起透視鏡，學著夕夕般四周察看。

🐱「嗯……」

正當夕夕走進洗手間後，他便似有所發現。哥哥和豆豉沒有怠慢，馬上走進洗手間：「怎麼了？」只見夕夕站在洗手盆上，聚精會神地看著一個白色箱子。

洗手間同樣沒什麼雜物，剩下了浴缸、馬桶、洗手盆等設備。當然，這些東西是還在的，難道探員們會連浴缸和馬桶也抬走調查？

哥哥跟豆豉也一同跳上洗手盆，同時看著那個白箱子。

　　白箱子是一個急救箱，裡面的急救用品已全被拿走，只剩下這空空的箱子，又有什麼好看呢？

　　「夕夕！你到底發現了什麼？怎麼我什麼也看不到？」豆豉輕聲跟夕夕問道。

　　夕夕默默看著急救箱，此時聽到豆豉一問，轉頭看了一眼，馬上伸手到豆豉戴著的透視眼鏡，並把眼鏡調校一下亮度。

　　被調校眼鏡後的豆豉，此刻也同樣發現了一些奇怪東西：「這是什麼來的？」

　　哥哥也似有所發現。

　　只見急救箱的門扣位置，竟有一些細碎呈三角形的痕跡。

夕夕此刻再看看自己一雙貓爪，對照箱子痕跡，雖感到不對勁，但又想不到什麼。

雖然哥哥跟豆豉同樣也看到那些，但這又代表是調查線索嗎？

夕夕此刻陷入沉思，在旁的兩貓此刻傻頭傻腦，跟著思考。但當然猜不出所以然來。

正當三貓想不透之際，突然在大廳外一個旁大黑影濃罩著整個房子！

黑影就似要撲向三貓般！

## 哇！

**難道是亞米德太太的鬼魂回來？**

最冷靜的還是夕夕，他馬上開動透視鏡上的照明設備，射燈馬上照向黑影。

而那個黑色物體所處的位置便是露台。

「到底是什麼東西？」夕夕並沒跟哥哥和豆

豉般,想到了鬼魂這東西。此時他身手似比豆豉**更勝一籌**,一個筋斗,便翻跳到大廳。在透視鏡的光照射下,夕夕清楚看到了那個黑色物體了!

不過,能看清楚並不是一件好事。夕夕此刻看到這怪東西,不禁驚嚇萬分。

只見那黑色物體站在露台上,並展起一雙「**魔鬼之翼**」……

是……是什麼來?難道是**魔鬼索命**嗎?

那一雙「魔鬼之翼」到底是什麼？

在街燈映照下，黑影更加可怕。雖然三貓膽量勝人一籌，但此刻也同感懼怕。夕夕在大廳中退後幾步，正想要躲避的一刻，那巨大黑影已從露台飛撲入屋。

這次是劫數難逃？三貓想也不想，馬上退到大門位置，準備逃命。

就在此刻，那黑影突然發出一下怪叫：

「HELLO？」

HELLO？正要逃出單位內的夕夕，立時煞停腳步轉頭一看。那透視眼鏡的光照射向黑影，卻發現這東西原來是一隻鸚鵡。

「你們是夕貓偵探社成員嗎？」

怎麼？夕夕三貓先是一呆，待得看清後，這才舒下一口氣。

還以為是魔鬼使者，原來是鸚鵡，還背著一隻貓咪。

貓咪此刻從鸚鵡背上跳了下來，並向眼前三貓逐一鞠躬：「你們好，我是小雨！」

哦！原來是我們的委託人！

夕夕三貓此刻弄清了狀況，本以為什麼怪物來襲，原來只不過**虛驚**一場。

**「傻瓜傻瓜！」**

三貓現在才看清，那大鸚鵡色彩斑斕。一雙翅膀就如兩道彩虹般艷麗。

什麼？牠在說我們是「傻瓜」嗎？

「嗯！別誤會。這鸚鵡是在介紹自己！嘻嘻，牠的名字是『傻瓜』。」

原來如此，夕夕此刻便開口問道小雨：「你們是從警局那邊回來嗎？」

小雨禮貌的笑了一下：「你是夕夕大哥嗎？夕怡說得沒錯，夕夕大哥的推理能力最強，我該沒猜錯吧！」

夕夕搔了一下頭，心想妹妹怎麼把高帽給他：「真懂說笑！我也不過猜猜而已！」

哥哥與豆豉還不懂他們在說什麼。什麼在警局回來？

小雨此時把大廳的燈亮起，燈火通明下這才看清大家：「我和傻瓜是亞米德的寵物。夕夕大哥、豆豉和哥哥，很感激你們的

幫助。」

　　燈光映照下，只見小雨擁有一身咖啡毛色，她的大眼珠正眼眨著淚光：「沒錯，我和傻瓜是在警局偷走出來接應你們。女主人離世後，我們便成了『證物』之一。待在警局裡又不能做什麼！幸好多得夕怡的通報，知道你們會幫忙查出真相，因此便冒險偷走出來……」

　　「那夕怡現在到了哪裡？」夕夕還是想念妹妹。

　　「哦！她要回家照顧最近生病的溫德烈老太太！」

　　還以為能夠見到妹妹的夕夕有點失望，但他知道溫德烈老太太生病後，也令他擔心不已。

　　聽到小雨告知，溫德烈老太太病情已穩定下來，夕夕這才放心不少。

夕夕心想當下還是調查案件要緊：「小雨，可跟我們說說案件的資料嗎？」

小雨晶瑩的雙眼再次眨著淚光：「主人一直待我們很好，但也不比對女主人好，自從被亞米德收養後，我們什麼也看在眼裡。即使主人對我們十分寵愛，也不比對亞米德太太的愛。兩夫婦實在恩愛非常。」

「因此，你不相信，亞米德是殺他太太的兇手？」

小雨肯定的點一下頭：「作不得假！」

夕夕來回踱步幾下，又停了下來：「小雨，你可說說當日發生的事？即使無關痛癢的也可說說看。」

小雨沉思片刻，回想當日……

亞米德太太是在早上被睡在旁邊的丈夫發現死亡。而驗屍資料所得，亞米德太太的死因是長期服食過量止痛藥致死。作為丈

夫，兩人朝夕相對，理應察覺到異樣？

「在那天之前，我經常也聽到亞米德太太說身體不適。數個月來，她也有到醫院求診。但醫生卻查不到原因！我也曾聽到主人說，懷疑太太是有心理情緒病。」

小雨摸一摸傻瓜的彩色翅膀後續說：「那一晚，太太又感到不適，而且說有點暈眩。主人便要她快快上床睡覺休息。而太太也照著做，早早睡覺……怎料……嗯！對不起……那一晚就是一切如常……」小雨邊說邊飲泣，旁邊的傻瓜用牠如鐵鈎的嘴擦拭一下小雨的臉。

「是一覺睡天光嗎？」夕夕問道。

小雨說道：「因為知道太太不舒服，我跟傻瓜便輪

流看守房間，他們在十一點上床後，便一覺睡天光。即使在平常，他們很少會在半夜起床，就連洗手間也不會去一下。」

「你們輪流看守房間的時間是怎麼分配？」夕夕咬著煙斗跟小雨問道。

「傻瓜傻瓜，兩小時兩小時！」回答的是鸚鵡傻瓜。

小雨又再摸一下傻瓜的翅膀補充說道：「對，我們每兩小時輪替一次看守房間。」

夕夕呼出一口煙圈續問道：「如是說，當晚阿米德夫婦，由十一點上床，當中交替了四次？」

哥哥跟豆豉看看自己的手錶，數著小雨跟傻瓜的輪更順序。

夕夕走到小雨跟前說道：「你們倆在看守或是休息的時間，也沒有任何異樣？」小雨思考一陣子：「嗯，那一晚，在休息的時間裡，

我遲了十五分鐘起床，幸得傻瓜叫醒。」

『傻瓜傻瓜！』

夕夕學著小雨摸摸傻瓜的翅膀說道：「那傻瓜能說出在你休息時間，曾有什麼異樣嗎？」

小雨搖了搖頭：「牠只懂說幾句話，所以不能詳細情況。」

「傻瓜傻瓜！」小雨解釋時傻瓜鸚鵡也不斷說著「傻瓜傻瓜」！

夕夕苦笑了一下，踱步走到露台位置仰望天空，一直思考著案情。心裡似乎有點頭緒？但這刻就似天際的雨雲般，觸摸不透。

哥哥和豆豉面面相覷，不知道夕夕在想什麼。

「我們還要去警局一趟嗎？」豆豉此刻忍不住向夕夕問道。

夕夕此時回頭看大家說道：「對，我們快

快到警局一趟，看看證物有什麼線索……」

# 哇！

　　哥哥和豆豉怎麼突然向著夕夕叫喊起來？
與此同時夕夕身後再次出現了一個黑影。黑影
似長著兩角，難道又是魔鬼嗎？

　　「嗯！對不起……我在樓下等得太久了……
沒嚇到你們嗎？」

　　原來又是虛驚一場，這個黑影，也不過
是在樓下一直等待的妹妹。

# CHAPTER05
## 勇闖警局

一行五貓加上一隻鸚鵡，在公路上飛馳。

還好警局離村莊不遠，加上小雨充當嚮導，眾貓

半小時不到已抵達警局。

警局守衛森嚴，到底如何偷偷闖入？

「我們從五樓證物房其中一扇窗偷走的！」小雨指向某個方向說道。

「嗯，你們還是留守在這裡吧！我和豆豉闖進便可！哥哥，幫忙照顧他們便是。」夕夕說。

貓多並不好辦事，如一伙貓咪這樣大搖大擺的闖進警局，恐怕會**打草驚蛇！**

「又要留下我嗎？」妹妹忍不住要向夕夕抗議。

身旁的哥哥輕拍一下妹妹肩膀：「夕夕說得對，我們還是留守在這裡作後援吧！」

妹妹表情無奈，但還是聽了哥哥的話。

夕夕苦笑一下便伙同豆豉進入警局。

兩貓走到警局旁邊的一條巷子，在那個堆放垃圾的位置，踏上大型垃圾箱後，**一躍而起**沿著水渠位置爬走。

爬爬走走，遠看時還知道那個位置，但近距

離時，竟找不到方向。

　　兩貓迷路之時，前方便有一個光，在指示牠們。轉頭一看，原來是小雨打著照明來提示。

「嗯！就在那邊！」豆豉二話不說，探視幾眼那一扇開著的窗，確認沒問題後，即便翻個筋斗跳了進去。

　　夕夕也隨著進內，只見黑漆漆的一個雜亂空間，沒一個人影。

## 這就是證物房嗎？

　　兩貓打開透視眼鏡的照明，觀察四周，一個個貨物層架整齊排列。如說這裡是一個貨倉還是比較貼切。

　　雜物滿滿，夕夕隨手抽出一個紙箱，檢查一下裡面的東西。就似抽獎般，夕夕拿出了當中的一包用上透明膠袋封口的東西。

　　是一個錢包嗎？夕夕還看到膠袋上寫著：

案件編號：*A001445* ／ 證物 *OA*

　　只有案件編號，怎知道那些是我們要找的？夕夕有點苦惱之際，身旁的豆豉拍了一下夕夕的肩膀。

　　夕夕轉頭看去，只見豆豉指著某個位置。什麼？那邊有一個大鳥籠。

　　夕夕馬上便向豆豉豎起了大姆指。兩貓沒有猶豫，走到大鳥籠的位置。

　　那個大鳥籠，該是鸚鵡傻瓜的居所？夕夕檢查一下鳥籠，沒如其他證物般包裹著膠袋，但上面也有一張貼紙寫上了案件編號。

案件編號：**A00315**

這說明了他們要查找的證物是屬於案件

**A00315?**

夕夕和豆豉再觀察一下周邊的物品和上面寫著的案件編號。

「這大概沒錯了，這些東西應是我們要找的。」夕夕跟豆豉說道。

到底是探員還是倉務員？怎麼可把所有家當全都搬來？

夕夕和豆豉立即翻箱倒櫃，把屬於亞米德案件的證物，全都搜尋出來。

待得夕夕有所發現：「豆豉，你看一下！」

豆豉聽了夕夕的話，馬上走到他的身旁：「你又發現什麼？」

「這到底是什麼痕跡？」夕夕拿著當中的一件證物，遞給豆豉說道。

只見到呈三角形的痕跡又再出現。而夕夕手拿的證物，正是一瓶止痛藥。

止痛藥想必是亞米德太太長期服用致死的藥物！？

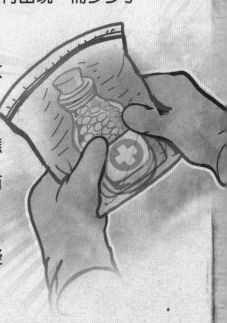

夕夕把透視眼鏡放大對焦後，發現藥瓶開口位置，有不少三角形痕跡。

「這代表什麼？」豆豉疑惑地跟夕夕問道。

「嗯，你不記得嗎？……

這痕跡在亞米德家裡的藥箱也有出現。」

🐱「是嗎？但⋯⋯這又能證明什麼？」

對！這又能證明什麼？雖然這痕跡確實有點怪異，但夕夕還是想不透當中跟案件有何關連。但他也同時相信自己的直覺⋯⋯

夕夕此刻再次陷入沉思，一步一步重組案件的疑點。而且漸漸浮現出真兇的輪廓⋯⋯

🐱『慘了！』

豆豉突然一聲叫了出來，使得夕夕大吃一驚，差點便把手上的證物掉到地上。

沒想到，兩貓在偵查一刻，證物房竟霎時燈火通明。

🐱『有人來啦！』

夕夕與豆豉，沒料到這時竟有人闖進了證物房⋯⋯

守候在警局外的哥哥、妹妹、小雨和傻瓜，

一直**忐忑不安**。

　　大家也擔心夕夕跟豆豉的安危。

　　哥哥早就看出妹妹對夕夕有意思。只見妹妹

不停的來回踱步，哥哥也不禁要上前安慰：「妹

妹，夕夕有勇有謀，不要太過擔心！」

妹妹有點錯愕的答道：「怎麼？我……不只擔心夕夕，豆豉他有時會衝動魯莽，我也很擔心的。」

「哈！是嗎？不要裝了！哥哥早就看出你對夕夕有意思。」

妹妹臉蛋馬上紅了起來：「哥哥，你不要亂說……」

「嗯！妹妹是喜歡夕夕大哥嗎？」沒想到小雨說話單刀直入。

「傻瓜傻瓜！」鸚鵡傻瓜也想參與話題。

「哈哈哈哈！這回大家也知道了！妹妹你看，就連初相識的朋友也看得出來。」

　　妹妹此刻更是尷尬，怎麼在這緊張關頭要把自己開玩笑？

「哎呀！不要再說了！哥哥我到洗手間去！」

笑得合不攏嘴的哥哥，聽到妹妹如此說道。立時收斂起來，左看右望，似乎沒一處方便之所。遠看到一個小草叢，便要妹妹到那邊處理。

「嗯，我也跟你一起去吧！」小雨說道。

兩貓互相照應總是安全，待得妹妹跟小雨離開，只獨剩哥哥和傻瓜。

「傻瓜，你是否只會說『傻瓜』兩字嗎？」

「HELLO！」

「噢！是，剛才跟你首次見面，便是說『HELLO』！」哥哥頓了一下續問道：「還有呢？」

「沒有沒有！」

「哈哈！原來還有『沒有沒有』嗎？」

哥哥此刻再次笑得合不攏嘴，「傻瓜」原來不只一個！

那邊廂，小雨跟妹妹到了那個小草叢，但妹妹並沒有準備小解：「嗯……我不過想避開哥哥的取笑。」

「是嗎！但我看得出哥哥很緊張你的。你們的工作室確是一個幸福家庭。」

「嗯！小雨姐姐，你從前也不差，主人那麼愛錫你們……」

小雨聽到妹妹提及主人亞米德，不禁浮現擔心的樣子。不懂得亞米德的現況如何：「自從主人領養我後，確實感激他的照顧……現在他沒了深愛的妻子，還隨時會受牢獄之苦！確實……我真的不懂說！」

妹妹對自己提及小雨從前的生活，立時內疚

起來：「對不起！我不該令你回想這些……」🐱

🐱「不！是我先跟你說。嗯！聽夕怡說，你們孤泣工作室也有很多成員……還有你們的奴才待你們好嗎？」

妹妹簡單說了工作室的成員和奴才孤泣的點滴後，邊談邊回到哥哥和傻瓜守候的地方。

奇怪的事發生了！怎麼哥哥跟傻瓜沒了影蹤？他們不見了！

兩貓緊張萬分，四下張望卻沒有發現他們的蹤影。

🐱「剛才還在這裡！怎麼突然不見了？」

慘了！剛才到底發生了什麼？妹妹遠看一下警局證物房的位置，只見本來烏燈黑火的房間，現在卻亮起燈來。

那邊的夕夕跟豆豉又怎麼了？

剩下的妹妹和小雨，慌張得不懂如何是好。

就在此時，突然傳來一聲『哈哈』，然後一

陣怪風來襲……

『哇！救命呀～』

# XXXXXXXX

是幾個探員進入了證物房！

對於兩貓而言，要躲藏起來容易至極，尤其懂得「隱身」的豆豉。加上這裡雜物繁多，更是神不知鬼不覺。

「怎麼？那貓咪和鸚鵡不見了，明天怎樣作呈堂證物？」

幾個探員進入了證物房後，劈頭第一句話便跟亞米德謀殺案有關。

匿藏在一個高高層架上的兩貓，立時豎起耳朵，要聽真探員們的對話。

「……所以探長想好了辦法。」

「什麼？」

「就是『狸貓換太子』！」

夕夕和豆豉，聽到這裡，不太明白探員說的

「狸貓換太子」到底是什麼意思？

　「怎麼？明天便要呈堂，現在又那麼晚，要到何處找來一隻鸚鵡和貓咪來替換？

哦！原來是要找代替品！但這樣做豈不是對亞米德不公平？

　「實際上，我們也沒太多證據。但探長總是要立功，我們這些小角色也只好照辦。」

　「對！就這樣決定吧！我們分頭行事，如果明早前還找不到代替品，我們便到寵物店去碰碰運氣。」

　匿藏的兩貓聽得緊張，沒料到人類這麼奸詐。假如事情出了意外或是錯誤，理應直認不諱是最好的方法。怎麼總是要說謊補過？

　一向義憤填膺的豆豉，更是看不過眼，身子不住的發抖。夕夕看在眼裏，想平息豆豉怒火之際，尾巴卻碰到了什麼東西。

東西隨之從層架掉落。

「砰嘭！」

掉落的聲響馬上給探員察覺：「是誰？」

兩貓大驚之際，立時便被探員發現。

「哦！怎麼有兩隻貓咪在這裡？」

「你們看，這隻貓咪的毛色是跟不見了的那隻差不多。」

探員說的是夕夕，當下的情況如何是好？自然是走為上著。

兩貓馬上行動，從高高的層架跳上跳下，朝向他們剛才闖入的窗口逃命。

當中的一個探員比兩貓還敏捷，及時把那扇窗關上。正衝向窗口的夕夕和豆豉急急煞停，這趟出了亂子！他們又轉到其他位置逃躲。

幾個探員沒有放過兩貓，四面包抄。

兩貓走到哪裡，探員便追到哪裡！即使夕夕和豆豉如何身手敏捷，也沒能躲過這幾個探員。兩貓被圍剿一刻，豆豉情急智生，用力衝向旁邊的一個層架。

　　這下撞擊，馬上便把那層架推倒，應聲倒下。

並撞向後頭另一個層架。

　　層架就如骨牌般，一個一個的倒了下來。

而最後的一個，還撞破了一個玻璃窗。

　　**千鈞一髮**，層架撞破窗口，成了一個大洞。

豆豉和夕夕馬上躍到那個破爛窗口。

　　探員們立時追截，豆豉翻一個筋斗，便避過

一個探員，如跳火圈般恰好穿過了洞口。

但夕夕呢？夕夕本是隨著豆豉後頭一起逃躲。但不幸地，一個探員卻捉到他的尾巴。

**這回糟糕了！**

豆豉從洞口逃脫，馬上便捉到一支水管。但他卻發覺伙伴沒能逃脫。

**該怎麼辦？**

豆豉隨水管而行，先到了地面再說。他們的目標並非自己。

探員的目標並非自己，他們只想捉夕夕當代替品。

逃脫的豆豉，這下子真不懂得如何施救。

還是先會合妹妹和小雨她們吧！

也許合眾之力，能想到好法子把夕夕救出。

心念一轉，豆豉馬上要跑到小叢林會合妹妹她們。

但豆豉又怎想到，此刻的伙伴們竟都消失不見？

「到了哪裡？」

空空的草地，沒一個貓影！哥哥、妹妹、小雨和傻瓜，到了哪裡？

到底是什麼一回事？

豆豉有點驚慌失措，一向還以為自己身手不凡，勇氣可嘉。但面對這危難之時，又能冷靜解決問題嗎？

**豆豉冒出冷汗，這回要獨個勇闖難關嗎？**

夕夕被捉住了！

即使夕夕苦苦掙扎，也難敵這幾個探員：「這貓咪為什麼穿上一身偵探服飾那麼有趣？」

「等到作完呈堂證物，我們便把牠收養在警局吧！一隻偵探貓跟我們實在相襯！」

「還要把我收養嗎？」夕夕心想，這回真是 **大事不妙**。

探員們把夕夕捉到那個屬於證物之一的鳥籠內，並上了鎖。

此刻的夕夕就如犯人般，被還狎在監倉。

怎麼想也想不到，夕夕這次面臨的危機實在太大。假若沒能逃脫，豈不是永遠不能回到工作室嗎？

探員們把夕夕鎖在籠內，並沒立時離開。為了捉拿兩隻貓咪，弄得證物室亂七八糟。

這趟要花時間收拾一番了！

夕夕沒打算放棄逃脫，他只想靜待時機。

他希望等探員離開證物房後，再想辦法離開。

　　剛才的層架，骨牌式倒下來。連同上面的一堆證物也如山倒，這個環境就像剛打完仗般，要收拾殘局到底要花多少時間？

　　夕夕看看牆上掛鐘，時間已是凌晨四時，還有外面的伙伴到底現況如何？豆豉和哥哥現在又會否在想著怎樣拯救自己？

　　焦急如焚的夕夕，剎時感到出現曙光。他看到其中一個探員在收拾物品，而腰間正正掛著一

條鑰匙。

　　會否就是鎖著這鳥籠的鑰匙呢？

　　夕夕看看鳥籠，一條橫向的樹枝便在眼前。
這樹枝應是傻瓜在鳥籠時用作支撐站立的。

　　心念一轉，夕夕把樹枝拿到手中，然後把樹
枝穿過鳥籠，企圖想把探員腰間的鑰匙取走。

　　這實在有點難度，因為探員在收拾物品時經
常郁動身體，位置總是看不準。

　　剛觸動到鑰匙，但探員又移開身體。

　　差點⋯⋯只差一點。

　　就在剎那間，夕夕看到手上樹枝有點怪異：

　　「這圖案？又是那些三角形圖案？」

哎喲！我想到了……真兇可能是……

就在夕夕想到了什麼之際，冷不防身處的鳥籠已在「懸崖」。差點能取走鑰匙的夕夕，沒留意到自己的負荷。鳥籠此刻便要傾倒下來，並要撞向地面。

夕夕被撞得滿天星斗！一剎那，便發覺本來置身的鳥籠，因撞擊而潰散。

這是好機會！

夕夕不及細想，直向那破裂的窗洞衝去。此刻的探員當然察覺，馬上又要捕捉夕夕。

又要展開追逐戰了！幾個探員還沒收拾好雜物，此刻又要捉回貓咪。

在追逐時，當中一個便被那些雜物絆倒。前仆後繼撞個正著，那剛排好的層架又要再次倒塌。

證物房又回復頹垣敗瓦……

夕夕這回終能脫身，及時穿過之前窗口破洞，逃出警局！

真是驚險萬分！夕夕再次沿著水渠逃走，等到著地一刻的心情，真難用筆墨形容。

是雨過天青還是撥開雲霧見青天？這些形容也許不重要。夕夕現在要做的是跟伙伴們會合。這麼折騰，不知道他們現況如何？

而夕夕沒想到的是，本應在等待的哥哥、小雨等，不是一直守候在小叢林？

怎麼現在竟一隻貓影也沒有！

「他們到了哪裡？」

站在叢林草地中央的夕夕，此時迷惘得置身在迷宮之中……

# XXXXXXXXX

回說豆豉的遭遇……

豆豉先爬上一棵高高大樹，希望居高臨下能看得到伙伴的蹤影。

他們到了哪裡去？沒來由的不見蹤影，難道被什麼怪物捉了去吧！

沒有伙伴在身邊，豆豉不免誠惶誠恐。但這也是一個鍛練獨自解決問題的時機。

豆豉從小便被孤泣收養，衣食無憂。雖然現已當上爸爸，但有時還像一個小孩。

這刻的豆豉要獨闖龍潭，他卻察覺自己在不知不覺間，已成長不少。

透視鏡功能可把視物對焦遠近。豆豉不停按動開關，由遠至近，仔細的觀察四周。

可惜，豆豉沒能看到哥哥他們的蹤影。

偶爾也看到一兩隻飛行中的雀鳥，還以為傻瓜背著小雨他們。細看一下，卻要令豆豉失望。

就在豆豉想放棄之際，他卻看到一個位置有點怪異。

**是金屬的反光？**

嗯！這是我們的智能摩托車！

豆豉從樹上爬落，然後朝那方向極速跑去。

果然豆豉沒看錯，在一個小山坡附近，竟擺放了智能摩托車。可惜是，哥哥他們呢？

還是不見蹤影！剩下了我們的摩托車，但一個伙伴也沒見。到底發生了什麼事？

豆豉再次察看四周，正想再度搜索之際，突然想到了辦法。

豆豉轉身回堆摩托車前，繼而按動引擎。車頭的智能系統也應聲啟動。

「要聯絡工作室裡的僖僖……」

吱吱喳喳……系統發出一輪運作聲後，上面的畫面便看到僖僖的樣子。

「豆豉！你們那邊有什麼狀況？」僖僖接到了豆豉的聯繫，感到莫名興奮。

豆豉馬上簡單說了當下的亂子。而僖僖聽後，馬上便知道怎樣搜索到失蹤的伙伴：「你們的透視眼鏡全都有定位追蹤。我快快從系統中搜尋他們的蹤影……」

　　只見畫面中的僖僖，在面前的鍵盤上努力打著什麼程式。不一會，她便似有發現：「嗯！豆豉，我找到了……」

　　僖僖把話說完，然後畫面便出現一個地圖，並顯示出失蹤伙伴的位置。

「我已把位置輸入了智能摩托車，你快快去找他們吧！」

　　豆豉馬上要行動，而畫面又轉回工作室：「老公，你要小心！」

　　畫面中的原來是瞳瞳，只見她手抱著三貓B，並向著畫面中的豆豉揮手鼓勵。

　　家人和朋友是最大的原動力。豆豉這一刻著實感動，在瞳瞳和図図們的鼓勵下，這一刻的心情就似摩托車開動引擎般，充滿力量。

　　豆豉駕起摩托車火速前進。而定位追蹤顯示的目標，幸好距離不遠。

「吧！我要找回你們……」

　　豆豉的勇氣燃燒了！一鼓作氣往前衝，果然他看到不遠處，似有什麼東西。

　　「噢！是哥哥嗎？」

　　豆豉全速到了那位置，憑著定位追蹤馬上便找到了目標。現場所見，哥哥背靠在一塊大石上。豆豉馬上便跳下車，察看究竟：「哥哥，你怎麼了？」

　　豆豉看到哥哥軟攤在大石上，似乎沒了知覺。此時豆豉小心翼翼把哥哥的身子緩緩轉過來後，卻看到哥哥擁著小雨和妹妹。原來哥哥是保護著兩貓。

「哥哥！哥哥！！」

豆豉叫喊著哥哥，沒了知覺的哥哥就在此時慢慢醒轉：「豆……豉，嗯……」

「什麼？你想說什麼？」

豆豉把頭伸到哥哥的臉前，想聽真他說什麼：「要……」

「你慢慢說，到底之前發生了什麼事？」

『要……小心！』

小心？小心什麼？

豆豉聽到哥哥的說話，但他還不明白哥哥的意思。正要問過究竟，一個大黑影濃罩了周邊，就似突如其來的風暴降臨。

豆豉轉臉一看，眼前便漆黑一片……

# CHAPTER 08
## 真兇現身

　　獨自在小叢林的夕夕與眾貓失散，不知所措之際，透視眼鏡便傳來接收通話的聲音。

「是僖僖嗎？」

　　來電的是工作室那邊的僖僖。他馬上簡單講述，豆豉他們的情況後。夕夕立時感到事態不妙：「我知道了兇手是誰！僖僖你快快把他們的位置傳送給我。」

「是！還有剛才想聯絡豆豉，卻接收不到他的系統訊號……可能他已有……危險。」⚠

應該怎麼辦？夕夕此時要一夫當關，直向最後接收到訊號的位置。

夕夕並沒有智能摩托車，只好徒步奔往目的地。

這危難最後會有怎麼樣的結果？夕夕沒想太多，因為他此刻心裡就只想著營救伙伴。

夕夕突然感到一陣冷風從後來襲。他馬上閃身，並躍上一棵大樹上。

夕夕何時有如豉般那麼好身手？三步拼兩步，一一躍過荊棘樹林。或許是看慣了豆豉的靈巧身法，而自然學來嗎？

夕夕躍上一棵大樹上後，立時遠看到一場打鬥場面。

「兇手！現身了！」

夕夕看到傻瓜正跟豆豉打鬥起來！

「傻瓜傻瓜！」

怎麼？這傻瓜便是兇手嗎？

「對！是我殺了亞米德太太的！」

「原來不過裝著不懂說話嗎？」豆豉問道。

「哈！我只是認為你們真是『傻瓜』才不住跟你們說話。」

「你主人這麼待你好，怎麼要殺人？」

「主人只能愛護我，不能給其他人奪去。」

鸚鵡這動物是滿有嫉妒心的。

當主人長時間沒陪伴牠玩耍時，寂寞難耐，也會拔去自己羽毛或咬東西發泄。嚴重一點，如果主人跟別人或者別的鳥兒親近，牠便會生氣，然後通過咬噬來表達情緒。

但又能料到，鸚鵡會

其實鸚鵡除了擁有強烈嫉妒心，牠們的智商也高得很。

據說聰明的鸚鵡智商能達到 *65*，而人類智商一般是 *100-130* 之間。因此鸚鵡算是較聰明的動物。

那貓呢？如要以人類標準來定義，實在過份低估。

從存在世界上的動物而言，人類其實最是愚蠢的。整天為生活忙碌為慾望而煩惱，還要以為自己能照料動物或其他人，其實是自身難保……

而天下間的動物懂得簡單就是美。因此牠們

早就知道裝作愚蠢來迎合人類，就是最完美的生存方法。

　　所以看看那些被寵壞的伙伴，是不是很有趣可愛？裝成這樣的理由便是用作討好人類！

　　動物基因會配合人類而進化！

　　**哈!哈!哈!哈!哈!哈!哈!哈!**

　　鸚鵡、貓咪同出一轍，也就跟人類般，也有善惡。

　　但這傻瓜，似乎壞得透頂，竟然因嫉妒而殺人？

　　「從前的亞米德就只愛護我，自從女主人來了，還帶來這隻裝可愛的貓……就是這樣，我不能不下毒手。」

　　「大家不能共存嗎？世界不只你一個，相親相愛是最好的法子！」豆豉似乎說得有理。

　　「你不會明白主人被奪去的感覺！」傻瓜大

聲說道。

 「我從前也嘗過被主人棄養，你應好好珍惜主人對你的愛護。」

「不要再說，現在就只剩你這烏黑的東西和那假裝聰明的偵探小貓要解決……」

傻瓜說罷，馬上展起雙翼，那如魔鬼之翼的翅膀，豆豉心想早應猜到這傻瓜應是一頭惡魔。

但這刻知道，又會否太遲？

獨剩自己又能對付這頭惡魔嗎？

傻瓜展起雙翼，揚起了地上沙石，直向豆豉襲來。眼明手快，豆豉一下滾地葫蘆避過了攻擊，但另一波也接踵而來，兩隻巨爪又在豆豉眼前。

　　豆豉提起雙腳，猛力撐向巨爪，利用反彈力避過了傻瓜的二次攻擊。

　　呼！豆豉一身冷汗，避過這攻擊。等到在安全距離後，心想假如被抓住，身體必定被傻瓜撕開兩半！

　　傻瓜見未能搶攻，馬上又把雙翼展起，就如一把大彎刀般，直劈向豆豉。

豆豉心想，這樣左閃右避，並不是辦法，總要主動攻擊吧！

心念一轉，馬上拾起一塊石頭，擲向傻瓜。

石頭擲到傻瓜的胸口，雖然受襲，卻沒阻止牠的襲擊。大彎刀般的雙翼依舊直劈落豆豉。傻瓜的力量實太可怕！！！！！！！

豆豉這下是躲不過了！翅翼擊中了豆豉的背部：『哎呀！』

豆豉被擊中倒地。痛得要命之際，巨爪又來到面前……

豆豉緊閉雙眼，似在等待死亡同時，腦裡便浮起瞳瞳的身影！嗯，還有三個可愛女兒。

要是我離開了，她們要怎麼過？還有，我的

兄弟姊妹⋯⋯和那愛護我們的奴才！

面對生死關頭，便會想到那些珍惜的東西。

「喂！等一下!!」

還等什麼？豆豉此刻聽到一把熟悉的聲音，

他立時睜開眼，剎那，還以為自己是眼花。

眼前便是他的最佳伙伴夕夕！

夕夕駕著智能摩托車，直撞向傻瓜。

天花亂墜，滿天星斗……傻瓜還以為豆豉已成囊中物。

剛才在大樹上的夕夕，見到豆豉跟傻瓜打鬥起來，於是奔向那位置，同時駕起豆豉的智能摩托車，直衝過去，救回豆豉一命。

傻瓜被摩托車一撞，立時重創，直撞向一棵大樹下。

「兄弟！你沒事吧？」

夕夕輕輕一躍便到了豆豉眼前。

此時的豆豉，呆呆看著眼前這身法了得的夕夕，彷彿還沒弄清當前一刻發生的事。

# CHAPTER 09
## 手足情深

就似一道曙光，照射著豆豉！

面前這個兄弟夕夕，伸出了友誼之手，把豆豉扶起。

「豆豉，哈！你還沒死！」

「你也是……」

朋友間不要婆婆媽媽，而豆豉跟夕夕的友情，此刻便昇華至 **生死之交**。

被重擊的傻瓜呢？兩貓看看那邊被撞得暈頭轉向的傻瓜，心想還是快快把牠收拾吧！

　　然而，兩兄弟轉身之際。滿天的沙塵突然一再冒起。

　　視野被沙塵掩蓋！又是傻瓜作的怪？兩貓為防傻瓜再度施襲，馬上分散躲開煙塵。

　　待到煙塵漸退，兩貓避過了危機？

　　視野清晰起來，但那邊的傻瓜又到了哪裡呢？

　　原來，傻瓜剛才在拍翼，弄得周邊沙塵之時，便趁機逃走。

　「到了哪裡？」豆豉和夕夕看看周邊，不一會便見到傻瓜已飛得遠遠。

　「哎呀！凶手就這樣逃之夭夭……」夕夕緊握雙拳說道。

　「噢，你怎知道傻瓜是凶手嗎？還有，剛才你是怎麼從警局脫身？」豆豉跟夕夕問道。

　　說來話長，但夕夕扼要的跟豆豉道出脫身時的驚險：「……我被探員鎖在傻瓜的鳥籠中，

發現了那呈三角型的痕跡。我的推測，那些痕跡便是傻瓜的咀所造成……」

哦！對，鸚鵡的咀部是一個鐵鈎形狀，而牠咬食時，便會留下這些痕跡。

在兇案現場那個急救箱和證物中的藥瓶也有這些痕跡。由此證明，傻瓜經常要打開那個藥瓶，並向亞米德太太每天下藥。

而在鳥籠中那用作支撐的樹枝也有同樣有這標記，因此夕夕便想到傻瓜是真兇。

而事實也放在眼前！傻瓜因為不想暴露凶手的身份，繼而想把眾貓**趕盡殺絕，**實在……

「嗯，我們忘記了哥哥他們！」

　　沙塵早早散去，而兇手傻瓜已逃之夭夭。兩貓只顧著說過不停，怎麼連自己的兄弟姊妹也忘記了？

　「你們現在才記得我們嗎？」不知道哥哥何時甦醒過來？只見他支撐著身子，一拐一拐的緩步來到夕夕和豆豉跟前。

　　豆豉馬上撲向哥哥面前幫忙，而夕夕便分頭察看小雨和妹妹。

　「夕夕大哥，我們沒事。幸好哥哥一直保護我們。」小雨氣弱游絲的向夕夕說道。

　「你們是被那傻瓜所傷？」豆豉問道哥哥。

　　哥哥點頭答道：「我們突然被傻瓜捉住，牠飛到半空，把我們從半空中拋下……真是要命，還以為這次會一命嗚呼！」

　「那又怎樣從半空中掉下也沒大礙？」豆豉問道。

　「這怎麼說！我現在是五勞七傷……說來其

實要多得夕怡！」

　　夕怡！跟她又有什麼關聯？

　哥哥邊被豆豉扶著邊說道：「你們知道嗎？原來我這件戰衣裡有隱藏設計。

　　隱藏設計？

　　哥哥沒想到抱緊著小雨和妹妹，在半空要被擲下之際，不知道在襯衣內碰上什麼東西，竟突然彈出一些東西！

　是降落傘！

　　豆豉和夕夕聽到哥哥所言，不尤得摸摸自己的襯衣，看看是否有什麼特別的隱藏設計。

　「……幸好那個降落傘，不然我們真是……」小雨和妹妹也同時說道。

真如拍一部動作電影。在哥哥打開降落傘後，衝勢立時減緩，並慢慢掉落到樹叢中。麻煩是降落傘被樹枝勾到，使得哥哥三貓半天吊。

後來，降落傘支撐不了，三貓即便一起掉落到地面。

**呼呼嘭嘭！**三貓還是要從高處掉下。不過當然沒在半空中掉下來那麼要命，不然早早便粉身碎骨。

從樹上掉下來，三貓雖受傷暈倒，但也是不幸中的大幸。

哥哥這次表現了男子氣慨，小雨跟妹妹著實感激他的捨命相救。

「好了！我們現在該怎麼辦？」

眾貓聽到豆豉如此問道，同時目定口呆。知道了誰是真兇又如何，現在卻被傻瓜逃脫，還有，即使找到了有力的新證據。又如何能證明阿米德是**冤枉？**

這實在比這一日夜經歷更高難度！

而且時間也差不多來到黎明！

# CHAPTER 10
## 因禍得福

孤貓們懷著沉重的心情要回去工作室！

　　在公路上眾貓一直沉默不語，但心裡卻是千重萬緒。

　　雖破了案，但一切似乎不似預期。

　　小雨並沒跟隨眾貓到辦公室。難道要孤獨地走天涯嗎？

　　「夕怡已安排我到溫德烈太太那邊住宿……」

　　確實也是一件好事！如果要到工作室裡暫住，真不懂孤泣會怎麼想。怎麼多出一隻貓咪？

　　雖然知道這奴才並不介意收容多一隻貓咪，但突然不知道從哪裡來的貓咪，總令人感到莫名奇妙吧！

　　既然小雨也有了歸宿，總叫孤貓們放心。

　　黎明的曙光，跟黃昏景色沒兩樣，不過是走向光明或是回到黑暗而已。眾貓駕著摩托，雖是直向光明進發，可惜心裡的感覺卻似將要往黑夜前行。

　　所有東西就似沒有了希望。回想上一回，眾貓的那份熱情和衝勁到了哪裡？這確實首次如此消極。

　　原來，要達成一個目標，並非單單依靠熱情。有很多事，一己之力還是控制不了結果……

　　『我們回來啦！』

　　在工作室裏的僖僖、瞳瞳和豆家三貓，之前還提心吊膽，一直期待著他們回來。此時能能孤貓一家團圓，總算是鬆一口氣。

　　待得他們說罷發生的事情後，那消極的情緒也感染大家。雖則大家互相安慰，不過對於未能把阿米德的罪名洗脫，實在是耿耿於懷。

# XXXXXXXX

「嗯！阿納，為什麼夕夕他們今天整日也在睡覺？」

「他們昨晚沒有睡嗎？」

又是一天！沒想到連孤泣已回到工作室工作，夕夕牠們也不知道。

當然是因為昨晚累得眾貓睡上一整天。就連留守在工作室的瞳瞳和傳傳也似累透，跟大家一起睡個飽。

現在是什麼時間？夕夕終於醒來，卻看到孤泣如一個竊賊般**鬼鬼祟祟**準備離開辦公室。孤泣該是怕吵醒孤貓們。

夕夕看看窗外天色。不是嗎？又是黎明？只見天際一遍金黃，就如他們清晨回來時那景色沒兩樣。

嗯，眾貓已醒來嗎？夕夕心想，這一覺確實睡得過了頭。

還好的是，夕夕醒來後，看到眾貓一如既往，就如昨晚並沒發生過什麼大事般。

回到現實，總會回想起昨晚的事，但這一刻醒來後，就似作了一場夢。

真想只是一個夢境！

「夕夕大哥，你醒來了嗎？」

夕夕打了一個呵欠，點頭答道已坐在電腦前的僖僖：「你又在阿納的電腦裡搞什麼？」

僖僖轉頭看了一眼夕夕後，卻笑而不語。

其實工作室內的孤貓們，也給夕夕感到有點古怪。只見他們同時看著夕夕，那表情就似即將有什麼驚喜給他般。

「幹嗎？你們古古怪怪的。」

豆豉此時突然走到了夕夕身旁，並指向電腦畫面，要夕夕看一下。

夕夕糊裡糊塗的湊前細看，還是半夢半醒的他，看到了視窗顯示一則新聞後，就似被雷電擊中般，立時清醒過來。

實是一個 驚喜！

新聞報導的正是亞米德案件。

「**怎麼會當庭釋放？**」夕夕瞪大了眼問道。

「你還是把新聞看下去吧！」

亞米德案件，今天便是上庭的日子。在這之前，亞米德是最大嫌疑的。

當人人以為死者可 沉冤得雪 之時，亞米德竟因為證據不足，而被撤銷他的控罪。

**是因為證據不足？**

根據大法官的陳述，探員提供的證物，並不足以證明亞米德便是兇手。

而且有些證物在探員拿到證物房後，曾有被破壞的跡象。因此，大法官相信案件還有更多疑點有待查證……

是證物嗎？

夕夕看看旁邊圍著他的一眾孤貓，只見眾貓表情笑嘻嘻的逐一點頭。

「這回算是我們的功勞！」豆豉輕拍一下夕夕的肩膀。

夕夕此刻欣喜萬分，回想昨晚大鬧警局的狀況。原來是因禍得福嗎？

夕夕還想到那幾個探員因為要捉拿自己，而把證物房弄得天翻地覆，真是與人無尤。相信還要被上司罵得狗血淋頭。

世事著實奇妙，夕夕此刻再看看窗外天色，黃昏美景隨日落消失，沒想到以為是光明的卻令人失望，但所謂前景黑暗之時，希望卻在眼前。

雖然，兇手傻瓜走掉了，但夕夕相信有一天總會捉到牠。

『嗯！你們在搞什麼？』

怎麼走了又回來？是忘記了帶什麼東西嗎？

就在眾貓因為亞米德被釋放，而興奮不已一刻。誰知道奴才孤泣竟然折返工作室！

奴才孤泣，看到一眾孤貓圍在電腦面前，感到萬分奇怪。

剛才還看到你們乖乖的，怎麼現在全都作反了嗎？

眾孤貓此際只好裝著傻，回到自己的安樂窩去。

唉！這個奴才，確實是一個蠢才！

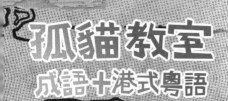

# 孤貓教室
## 成語十港式粵語

### 憂心忡忡

憂愁的樣子，形容憂慮的心情不能平靜。
近義詞：愁眉不展、忐忑不安
反義詞：悠然自得、泰然自若

### 狸貓換太子

源自中國小說《三俠五義》中的故事。
古時皇帝，宋真宗一直無子。傳下聖旨，看誰先生下皇子，便立為
太子。其後劉、李二妃皆懷孕，而李妃先誕下新生兒。劉妃為爭奪
皇后之位，與太監密謀在李妃生子時，用一只被剝皮的狸貓將
小孩換來。好使皇帝誤以為李妃誕下妖孽。

### 三爬兩撥

港式粵語，意指行動迅速，眼明手快。
近義詞：眼明手快、不疾不徐
反義詞：慢條斯理、姍姍來遲

A MOMENT LATER, HE WAS SAUNTER
ING AWAY, AND MY

## 挑通眼眉

港式粵語，形容人目光銳利，有看透事物的能力。
近義詞：炯炯有神、精明幹練
反義詞：笨頭笨腦、昏庸無能

## 沉冤得雪

意思是沉積很久的冤屈得到辯白洗清。
近義詞：平反昭雪、洗清冤屈
反義詞：沉冤待雪、不白之冤

## 打草驚蛇

比喻行事不謹慎，使對方察覺而有所防備。
近義詞：急於求成、操之過急
反義詞：引蛇出洞、拋磚引玉

## 與人無尤

意指跟他人沒關係，不要把責任歸咎他人
近義詞：事不關己、咎由自取
反義詞：無妄之災、池魚之殃

## 虛驚一場

事後才知道是不必要的驚慌。
近義詞：大驚小怪、有驚無險
反義詞：驚慌失措、震驚不已

## 劫數難逃

意思是命中註定的災禍。
近義詞：插翅難飛、窮途末路
反義詞：劫後重生、前途無量

## 千鈞一髮

一根頭髮上，掛著千鈞重的東西，萬分危急。
近義詞：燃眉之急、岌岌可危
反義詞：安如磐石、穩如泰山

## 逃之夭夭

形容桃花茂盛艷麗。後來用作在危難中逃跑。
近義詞：抱頭鼠竄、溜之大吉
反義詞：大難臨頭、劫數難逃

## 大事不妙

指遇到壞事，想不到更好辦法。
近義詞：大禍臨頭、事態嚴重
反義詞：從容不迫、泰然自若

## 更勝一籌

意指技藝和能力超越別人。
近義詞：棋高一着、青出於藍
反義詞：相形見絀、略遜一籌

## 生死之交

意指是能同生共死的友誼。
近義詞：莫逆之交、金蘭結義
反義詞：酒肉朋友、一面之交

## 鬼鬼祟祟

形容行動不光明正大。
近義詞：偷偷摸摸、躡手躡腳
反義詞：光明磊落、胸懷坦蕩

## member introduction

### 成員介紹

豆豉

綽號：豆豉爸
星座：獅子座
特徵：眼睛圓大，黑色肉球
性格：有情有義，對朋友義無反顧，但有時過於
　　　魯莽衝動。幸得太太瞳瞳適時提醒，
　　　這一對實在是天作之合。
能力：隱身術，輕功了得。

瞳瞳

綽號：大公主
星座：巨蟹座
特徵：異色瞳，肥頭
性格：愛吃愛八卦，淘氣任性。成為母親後
　　　卻是溫柔體貼的賢妻良母。
能力：異色瞳就如測謊機，能看穿誰在
　　　說謊。不過這能力只是間歇有效。

## 行動組
### ACTION TEAM

豆豉大女

綽號：花花
特徵：三色貓，可憐樣
星座：處女座
性格：活潑機靈，懂得裝可憐。身為大家姐，
　　　傳承爸爸重義氣的特質。
能力：未知

豆豉二女

綽號：阿奶
特徵：全白色、圓眼、長尾
星座：處女座
性格：文靜、擁有書卷氣，善於觀察，小心謹慎。
能力：未知

豆豉三女

綽號：大尾
特徵：白毛主色，頭頂有三點黑毛，形態就如
　　　一隻嘩鬼在張口。
星座：處女座
性格：集合兩位家姐的性格，簡單來說飄忽不
　　　定，完全猜不到下一刻在想什麼。
能力：未知

# 情報組
## INTELLIGENCE TEAM

**妹妹**

綽號：破壞王
特徵：黃白毛
星座：水瓶座
性格：神秘、害羞、社交能力弱。
能力：破壞力和創造力集於一身，
　　　更能發明科技產品。

**僖僖**

綽號：厭世貓
特徵：黃主色
星座：白羊座
性格：社交能力強，理性思考。
能力：電腦奇才，是非一般的駭客
　　　情報員。

## 哥哥

### 偵探社副指揮

綽號：躲藏王
特徵：黑白毛色
星座：水瓶座
性格：天生的鬥雞眼，卻有驚人的專注力。
能力：視力驚人，能看清楚看到十里外的視物。

## 夕夕

### 偵探社總指揮

綽號：小霸王
特徵：咖啡色虎紋
星座：雙魚座
性格：想法多多，創意十足。
能力：擁有大哥風範，領袖力強。能多角度思考，
　　　是一個出色的管理人。

**監制** 孤泣
**作者／繪畫** 梁彥祺
**編輯／校對** 小雨

出版：孤泣工作室
　　　荃灣德士古道 212 號，W212,20/F,5 室
發行：一代匯集
　　　旺角塘尾道 64 號，龍駒企業大廈，10 樓，B&D 室
承印：美雅印刷製本有限公司
　　　觀塘榮業街 6 號，海濱工業大廈，4 字樓，A 室

出版日期： 2021 年 12 月　ISBN 978-988-75830-2-8
HKD **$78**